UN
PROCÈS DE PRESSE

PAR

Lucien REYMOND

Sit bonum, vis et finis.

THONON

Imprimerie de la Société Anonyme de l'Union Chablaisienne

Joseph MASSON, Directeur

—

1889

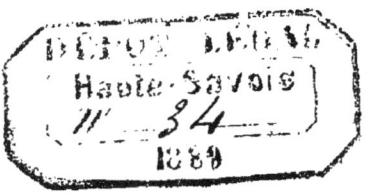

UN

PROCÈS DE PRESSE

PAR

Lucien REYMOND

Sit bonum, vis et finis.

THONON

Imprimerie de la Société Anonyme de l'Union-Chablaisienne

Joseph MASSON, Directeur

1889

I

J'ai lu quelque part, dans les œuvres de Gustave Aymard, le récit suivant :

Un riche Méxicain possédait de vastes terres dans le Fart-West, à la limite de la nation sauvage des Apaches.

Un jour, il rencontre un membre de cette tribu, qui se trouvait sans asile, et réduit lui et sa famille à la plus profonde misère.

Emu de pitié, et sur les pressantes sollicitations du sauvage, il lui accorda la permission de s'établir provisoirement, sur une partie de ses vastes domaines. L'année suivante le Mexicain apprit que, non seulement le sauvage était encore sur sa propriété, mais qu'il exploitait les forêts, défrichait et s'envisageait comme définitivement chez lui.

En effet, il ne tint aucun compte des avis qui lui furent donnés et, lorsque les autorités arrivèrent avec un ordre de déguerpissement, il se présenta armé jusqu'aux dents et répondit :

« Je me soucie de toutes vos lois et de toutes vos paroles comme d'une vieille savate. La terre appartient à celui qui l'occupe, je me trouve bien ici et je veux y rester. Je suis un homme paisible qui ne cherche noise à personne, mais je vous avertis que je brûlerai la cervelle au premier qui viendra réclamer cette propriété. »

« Et il resta. »

Je croyais qu'il s'agissait d'un récit fantaisiste dû à l'imagination d'un spirituel romancier : j'étais loin de penser que je verrais un principe si extraordinaire déjà, dans les prairies américaines, mis en pratique dans mon pays natal, dans mon vieux et pacifique hameau du Solliat.

Il y a cependant une différence qu'il est bon de signaler. C'est que les autorités de la Vallée de Joux, n'ont pas été brutalement chassées. Plus prévoyantes que celles du Nouveau-Méxique, elles ont compris que, pour s'éviter de semblables ennuis, il était plus prudent et plus sage de s'arranger de manière à faire déloger le propriétaire.

II

Tels sont les faits qui, à la demande de nombreux amis ont fait l'objet d'une brochure intitulée *Une épisode u lic iaire ou la Brasserie du Solliat*. J'avais pensé que sa ectur e serait instructive pour les fermiers qui se trouvent bien où ils sont et éprouvent le désir d'y rester.

Cette publication a soulevé un orage et m'a attiré un procès de presse. Traduit devant le tribunal criminel de Cossonay accusé d'avoir diffamé.

a) Le Président du tribunal de La Vallée.

b) Le Tribunal de La Vallée.

c) M. le notaire J. Capt, au Sentier.

d) M. Brunner, brasseur au Solliat.

Le jury m'a libéré contre le Président, contre le tribunal et contre M. Brunner, mais il a donné gain de cause à M. J. Capt, notaire.

Je m'incline devant les décisions de la haute cour et en tiendrai compte dans les lignes qui suivent. Il m'est d'autant plus facile d'abandonner M. J. Capt dont je ne m'étais occupé que subsidiairement, qu'il me reste assez d'autres faits à signaler.

Mon but principal est, que dans tout ce triste drame, les responsabilités restent à qui elles incombent. Je désire que l'ignominie qui en est la conséquence ne rejaillisse que sur le front des vrais coupables et non sur la population de la Vallée qui en est innocente.

J'espère que quiconque lira ces lignes sera juste et ne dira pas, la vallée, mais bien la procédure *du Sentier* et le *code W. Goy*.

III.

Les journaux du mois d'août 1886 racontaient le fait suivant :

« Les scènes auxquelles donnent lieu les expulsions de paysans insolvables en Irlande continuent et prennent un caractère de gravité extraordinaire. Samedi, près de Wodford, 550 hommes de police ont dû littéralement faire le

siège d'une maison occupée par le fermier Sunders, inca
pable de payer son loyer au propriétaire et condamné pour
cela à déguerpir.

Le fermier Sunders et ses amis avaient pratiqué sur
les murs de la maison des meurtrières par où ils tiraient
des coups de fusil sur la police. Celle-ci a dû appliquer des
échelles au mur et prendre la maison d'assaut etc.,»

Pauvre Sunders ! Que de peines et de maux, s'il avait su
de quelle manière on procède au Sentier et comment un
fermier qui ne paye pas peut facilement devenir propriétaire
du domaine qu'il occure, il trouverait l'Irlande bien plus
arriérée encore. Les politiciens de ce pays MM. Glad-
stone et Parnell eux-mêmes ne sont que des petits garçons
à côté de quelques grands hommes des vallées jurassiques.
Ceux-ci procèdent avec moins de danger, plus de méthode,
plus de succès et surtout avec beaucoup plus de gloire.

Ils ont, dans ce but, inauguré une ère nouvelle pour ces
pauvres fermiers, en proclamant les principes et la procédure mise en pratique par la Lice de la fable envers sa
compagne.

IV.

Au mois de janvier 1873, j'avais besoin d'un contre-
maître brasseur. Me trouvant à Lausanne, je fus, dans ce
but accosté par un jeune homme très empressé et très poli
qui me dit s'appeler T. Brunner et m'offrit ses services.
L'engagement fut conclu. Le jeune homme se rendit au
Solliat, où il parut se trouver très heureux. Il attendait,
disait-il, un coffre volumineux qui n'arrivait pas ; mais ce
qui arriva, un peu plus tard au lieu et place du coffre im-
patiemment attendu ce fut une jeune demoiselle ; une belle
et brune fille des vallées Bernoises, très empressée à la
poursuite de mon contre-maître. Elle venait réclamer de
lui l'accomplissement de ses promesses et de ses engagements.

Celui-ci, moins tendre et moins affectueux qu'il ne l'avait
été auparavant, reçut fort mal cette fille et me demanda
même de la mettre à la porte. J'aurais peut-être agi sage-
ment ; mais, en cette circonstance comme en bien d'autres
je procédai d'après ce que je croyais être le devoir et le
bien, sans me préoccuper des conséquences que cet acte

pourrait avoir pour moi. Au lieu de mettre cette femme à la porte, nous l'avons reçue, logée et avons travaillé à lui ramener son inconstant et volage amant.

Je passerai sur bien des détails et dirai seulement, qu'après avoir favorisé ce jeune couple en toute circonstance dans les mesures du possible, je lui louai la brasserie en 1875.

V.

L'Apache dont il a été question ci-dessus tout en déclarant la guerre à son propriétaire, tout en travaillant avec acharnement à sa ruine pour s'approprier une partie de ses terres, avait conservé pour lui la dette de la reconnaissance. Chez l'homme le plus sauvage, le souvenir de l'hospitalité ne s'efface jamais, et jamais non plus il ne paye par l'ingratitude.

Ce sentiment est trop vulgaire aujourd'ui. Le cœur des hommes qui entendent faire marcher notre vallée à la tête du progrès n'est pas accessible à de semblables faiblesses. M. Brunner en homme habile l'a deviné. Il a compris que de grandes qualités ne lui étaient pas indispensables. Du premier coup d'œil il s'est aperçu que son propriétaire avait des ennemis et des adversaires qui n'attendaient que l'occasion de se débarrasser de lui. Il a compris que le service de cette haine lui serait plus avantageux que la pratique de quelques banales vertus.

Il connaissait l'histoire de M. de Chamillart, qui dut la bonne fortune de devenir ministre à son adresse au jeu de billard. Il s'est perfectionné à l'aspadille, il s'est exercé à d'autres prévenances et à d'autres détails, qui, quoique non prévus dans les codes, touchent quelquefois cependant et par certains côtés à la procédure.

Il a commencé à s'apercevoir qu'il pouvait impunément payer ses domestiques en les mettant brutalement à la porte et il en a logiquement conclu qu'il en pourrait agir de même envers le propriétaire. Il savait aussi que, quand il était condamné par le juge, c'était pour la forme seulement et que la sentence n'était pas exécutée.

Audaces Fortuna juvat.

VI.

Ordinairement, en matière civile, sur des questions industrielles ou locatives, on a recours aux tribunaux lorsque les conditions entre parties sont mal déterminées ; mais, dans le cas particulier, cela n'a pas lieu. Tous les baux ont été passés par un notaire. Les conditions en étaient claires et précises ; toutes les clauses étaient régulièrement stipulées et librement consenties.

Le premier bail expirait au bout de six ans ; il fut renouvelé pour trois nouvelles années aux mêmes conditions ; sauf en ce qui concernait le prix de location. Le 25 mars 1884 M. Brunnier fut avisé, par lettre chargée que nous reprenions la Brasserie à l'expiration du bail, soit au 1er octobre.

Au commencement de juin il nous exposa (très poliment, cette fois et par exception) que, n'ayant point pu encore se procurer d'établissement, il nous priait de le laisser une année encore. Après délibération et malgré les contrariétés que cela nous procurait nous consentîmes.

Lors de la stipulation de cet arrangement le dit Brunnier paraissait embarassé sur l'emploi de son matériel. Mes fils toujours pour le faciliter, consentirent à le lui reprendre. Or, non seulement cet arrangement avait été contracté par mes fils seuls, mais il fut convenu de plus que, conformément au sens que l'Académie française donne au mot matériel, qu'il ne s'agissait que des meubles et non des marchandises, comme les conseillers de M. Brunnier ont essayé de le démontrer.

VII.

Au premier octobre 1885 j'étais donc, non seulement au bénéfice d'un bail régulier, mais j'étais en droit de réclamer au fermier un solde de fermage de plusieurs milliers de francs. Les dispositions légales, aussi bien que les usages et le coutumier vaudois, ont admis qu'un fermier quitte à l'expiration de son bail. Sur son refus le déguerpissement a lieu d'office. Ce déguerpissement ne préjuge pas les difficultés et les procés qui pourraient être pendants, Le fermier a toujours le droit d'intenter action à son propriétaire s'il se croit lésé, mais, avant toute chose il doit sortir.

Or, pourquoi en devait-il être autrement, pour moi ? Pourquoi devais-je être l'objet d'un cas nouveau inconnu encore dans nos annales judiciaires et qui, je l'espère, pour l'honneur du canton de Vaud sera le dernier. Ici se pose une question très délicate et très importante pour les fermiers désireux de rester.

Un grand nombre d'amis m'ont affirmé n'avoir rien compris à toute cette affaire et m'ont demandé des explications. Je dois le leur avouer, j'ai été moi même aussi ignorant et aussi embarrassé qu'eux. Pour tout homme qui veut chercher ces explications dans la marche ordinaire des choses, qui veut juger par comparaison avec tout ce qu'il peut avoir appris dans la pratique de la vie et dans la lecture de tous nos codés ; il ne découvrira pas la clef du mystère. Il y a là de grandes raisons d'ordre public, des motifs de haute convenance et de progrès qui échappent à l'intelligence de nous autres prolétaires, enfant du petit peuple, peu initiés au secret de la politique de certains sentiers de la montagne.

Pour tâcher de me faire comprendre et essayer d'être un peu clair dans une question qui ne l'est pas du tout, il est nécessaire de revenir sur quelques détails rétrospectifs.

Il n'y a pas longtemps un ministre français appartenant à la Gauche disait à la Chambre.

« Pour assurer les garanties et la sécurité des citoyens
« il faut une administration inépendante de toute influence,
« qui applique les lois d'une manière ferme et égale pour
« tous. »

« Ce principe comme nous allons le voir s'est un peu modifié à l'égard de ma famille.

VIII.

La loi sur l'organisation judiciaire pose en principe que, dans chaque district il y a deux huissies pour le service du tribunal. L'usage a admis que les vacrations se répartissent d'une manière égale, tant qu'à peu près, entre ces deux fonctionnaires. La première exception à cette règle devait se voir à la vallée du lac de Joux.

Depuis l'arrivée d'un nouveau Président l'un de ces deux huissiers n'a plus eu une seule vacation. Il avait un confrère qui cumulait déjà des fonctions incompatibles dans tout le canton de Vaud (excepté un Sentier bien entendu) mais ce n'était pas assez. Il tient dignement l'encensoir et rend, il paraît d'autres services de nature diverses qui méritaient une récompense toute particulière. A cela, nous n'avons rien à dire ; mais quels étaient donc les torts du premier ? Il en avait un que la magistrature de la Vallée ne peut pardonner !

Il était mon beau-fils !!!

Arpaga satanas.

IX.

Pourquoi donc cette animosité contre ma famille en général et mes deux fils en particulier ? Pourquoi a-t-on déployé tant de haine contre ces deux enfants du pays, lorsque, après avoir consacré leur jeunesse à se préparer pour relever et faire marcher une industrie péniblement créée par leur père, ils s'en revenaient fort de leur expérience et de la paràle donnée. Et pourtant, ils s'étaient abonnés à la *Revue* de préférence à la *Gazette*. Ils n'avaient pas eu l'occasion de mal voter ! et n'avaient pas rejeté la constitution.

Ah ! si ces chers enfants, avaient été quelqu'aventuriers, chaussés de bottes à l'écuyère, venus à travers le Risoux, exploiter la contrée et vider les poches de ses habitants ; s'ils avaient été de ces hableurs, faiseurs de politique à manivelle, s'ils avaient fréquenté, certains clubs *budgélivores*, s'ils s'étaient faits les estafiers de certains hommes, s'ils avaient fait de la propagande contre Lucien Reymond. Si en un mot, ils avaient été moins honnêtes et su cacher la robe du jésuite sous le masque de la démocratie, lors même qu'ils auraient eu quelques péchés sur la conscience et la bourse légère, avec quel empressement ils auraient été reçus, de quelles prévenances ils auraient été l'objet, comme certains coffres leur auraient été ouverts, avec qvel empressement la presse locale dévouée et docile à la censure, aurait, sur le ton lyrique, célébré leurs vertus civiques, leurs principes démocratiques à toute épreuve, avec d'autres phrases à effet avec lesquelles on flatte les crédules et amuse les sots ; mais ils avaient un défaut qui ne se pardonne pas et pour lequel aucune transaction n'était possible ! Ils sont les fils de leur père !!!

Aussi, ont-ils été traqués oomme des intrus ; menacés jusque dans leur vie, sans aucun appui légal et aucune sécurité ; ils ont dû s'en aller au delà des mers, chercher une protection qu'on se plaisait à leur refuser. Au milieu des Pampas de la Plata, dans le voisinage des Gauchos, ils ont oonstaté que l'égalité des hommes devant la loi et plus une réalité que dans leur terre natale.

X.

Je pourrais multiplier les exemples mais ceux-ci suffiront pour bien établir le principe sur lequel roule toute cette affaire.

Il y avait donc une raison spéciale, un motif puissant pour excuser des mesures d'exception. Les anciens Athésiens avaient une loi qui permettait de frapper d'ostracisme pour dix ans les citoyens dont on craignait l'influence et redoutait la popularité ; mais on respectait leurs propriétés. Les hommes influents du Sentier sont trop amis de leur contrée pour s'arrêter à de si vulgaires considérations. Il y avait assez longtemps que ma présence offensait la dignité de certains citoyens. Vingt-cinq ans d'intrigues n'avaient pu encore aboutir ; il devenait nécessaire d'en finir en frappant un grand coup.

Il ne restait plus qu'un moyen, celui de faire une razzia complète de tout ce qui pouvait me toucher. Le bien de la contrée, disaient-ils, l'exigeait. Cette holocauste était nécessaire sur l'autel du progrès, Quoi donc de plus naturel ? Aux grands maux les grands remèdes. Quand de si grands et d' si nobles intérêts sont en jeu, on passe sur les détails ordinaires. Les lois d'exception se justifient pleinement.

Aussi je le reconnais, ma plus grave faute est d'avoir méconnu cette grande vérité. J'avais conservé encore une illusion ; c'est qu'à l'époque où nous vivons, où tous les efforts de la politique tendent à empêcher les priviléges d'être héréditaires les haines ne le seraient pas. non plus. Je me trompais ; tout doit céder devant ce que quelques hommes appellent le progrès ; ma famille, comme moi était hors la loi et devait disparaître.

Je demande bien pardon de mon ignorance à tous nos honorables magistrats, (si toutefois il y en a qui prennent la peine d'abaisser leurs regards sur ces lignes) d'avoir en un moment de doute et manifesté quelques plaintes. Je leur promet d'être beaucoup plus raisonnable à l'avenir et de ne plus leur causer tant de chagrins. Dans le récit qui suit je ne suis qu'un simple narrateur qui ne se plaint pas, et ne réclame rien, dont l'unique but est d'instruire ses concitoyens de la Vrllée, d'éclairer les propriétaires sur leurs vrais intérêts et les dangers qu'ils peuvent courrir, s'ils manifestent des velléïtes d'indépendance.

Ce principe posé, je n'entrerai pas dans tous les détails concernant la procédure de cette affaire. Je me contenterai de signaler rapidement les faits principaux.

XI.

Au 1er octobre 1885, j'avais donc deux titres exécutoires. L'expiration d'un bail et le non payement des fermages qui me donnaient le privilége légal de retenir le mobilier. Jamais encore on n'avait vu dans des conditions semblables, un locataire pouvoir rester contre la légalité, contre la procédure, contre l'équité et le droit ; et cependant c'est ce qui a eu lieu.

C'est ici qu'il faut que les fermiers fassent bien attention. Quel peu qu'ils aient su se ménager le bon vent et soient doués d'un peu de toupet, ils sont certains du succès.

M. Brunner, conseillé par des hommes influents, assuré d'avance de l'appui des autorités, eut l'ingénieuse idée de fabriquer une note, tout à fait fantaisiste de sommes que je lui redevais, qui variaient de 17,000 fr. à 30.000 fr. suivant les convenances du moment. Le chiffre au fond ne fait rien. L'important est de s'adresser au premier saute-ruisseau venu, à quelqu'un de ces avoués marrons, sentinelles avancées de l'armée de Croque-mitaine, un de ces hommes dont le spirituel Alfred de Musset a dit.

> Qui dix fois dans sa vie a bon marché vendu
> Sur les honnêtes gens cracha pour un écu.

Qui griffonnent un mandat d'opposition et cette pièce annule toutes les lois du pays, suspend le cours de la justice, le fermier reste, et, bien entendu ne paye pas.

Cela doit être tellement régulier et légal que, non seulement M. le Juge de Paix apposa son sceau au mandat d'opposition mais qu'il s'en vint auprès de M. Brunner lui faire ses excuses, d'avoir pu, un moment, supposer qu'il devait quitter. On put voir alors ce fermier sur le seuil de la porte, narguer le propriétaire et rire sous cape de la naïveté des autorités (1).

XII.

Il me restait encore une disposition légale à invoquer. Celle des mesures provisionnelles, qui sont de la compétence du Président du Tribunal. Dans ce but j'adressai à ce magistrat une pièce motivée le priant de bien vouloir, par mesure provisionnelle, ordonner que, M. Brunner quitte le 15 novembre, réservant la solution des autres questions litigieuses entre nous.

Cette manière de procéder, régulière et légale, coupait court aux principales difficultés du moment, et satisfaisait les intérêts légitimes de chacun ; dans tout autre district et faite par tout autre citoyen cette demande aurait été accordée haut la main ; mais moi je devais trouver buisson creux. L'honorable président de la Vallée, en avait d'avance décidé autrement. Il me reçut un peu comme on dit, comme un chien dans un jeu de quilles. Et m'adressant de sérieuses observations il me dit entr'autres que, vu la saison j'avais tout intérêt à laisser Brunner occuper la Brasserie (sic).

Je dois ajouter ici, que mes fils ayant payé les arréages dus à la caisse hypothécaire, s'étaient présentés devant le tribunal avec une donation entre vifs de mes immeubles régulièrement stipulée ; mais, que ce corps, par des motifs bien secondaires et étrangers à la question, avait décidé d'en ajourner l'homologation. Il voulait auparavant sans doute consulter les convenances de M. Brunner et de ses amis.

XIII.

Ainsi que le prévoyaient nos conditions de bail, les difficultés soulevées par Brunner furent soumises à nn tribunal orbitral. Après avoir rempli toutes les formalités légales et instruit la cause, ce tribunal rédigea et prononça le 28 décembre 1885 ue jugement très bien motivé et concluant.

« Que M. Brunner me redevait fr. 3,800 chiffre rond aprés réglement de toutas ses prétentions et réclamations.

Ce verdict était clair et précis, il mettait à néant la procédure inventée par les amis de M. Brunner. Les chiffres fantaisistes étaient ramenés à leur valeur réelle et diminués de la bagatelle de fr. 21,000.

Ayant reoouru contre le jugement des arbitres, le tribunal cantonal, non seulement rejeta le recours mais condamna le recourant à l'amende pour recours abusif. Un fait à noter, c'est que ce mobilier dont il avait été tant parlé, déjà saisi était à peine suffisant pour acquitter la somme qui m'était due. La questios devenait donc bien simple, elle était bien nette et bien claire pour tout le monde, et surtout pour les fonctionnaires chargés de leur exécution. Mais ici, la question était renversée. Aux yeux de certains magistrats, c'était ma famille et moi qui étions les coupables, de prétendre venir réclamer des droits sur ces propriétés et contrarier les projets d'établissement de ce pauvre M. Brunner.

XIV.

Le tribunal cantonal, en rejetant son recours avait, en même temps ordonné le déguerpissement de Brunner. On pense que cet arrêt devait être le dernier acte de cettre triste comédie, mais on se trompe singuliàrement. Les décisions du tribunal cantonal qui font règle pour le reste du pays ne le font pas pour le Sentier. Le juge de Paix chargé de l'exécution de ses ordres s'y refuse et va prendre celles de mes adversaires.

C'est alors qu'entre en scène un nouvel acteur, M. Ele Fran-

çois Piguet. Il demande par mesure provisionnelle la suspension des décisions du tribunal cantonal. Il est bien entendu que le sanctuaire de la justice jusqu'alors fermé pour
moi s'ouvre pour lui à deux battants. Que M. le Président
du Tribunal lui accorde de suite sa demande, et que, le
Juge de Paix s'empresse d'apposer son sceau au mandat
d'opposition.

Il est bon d'observer ici que M. le Président qui m'avait
refusé les mesures provisionnelles, dans sa compétence,
les accorde à mes adversaires contre une décision du Tribunal cantonal ! ! !

Un recours motivé est de nouveau adressé à la suite du-
quel le tribunal cantonal casse la décision du Président sur
les mesures provisionnelles, annule le sceau complaisant
du Juge de Paix et ordonne de nouveau le déguerpissement.

Quelques lecteurs penseront que cette fois enfin c'était
tout. Etrange illusion ; nous n'étions qu'au début de cette
procédure d'occasion. C'est de ce jour seulement que la
magistrature de la Vallée se montre dans tout son éclat et
qu'il faudrait, pour l'honneur de ma terre natale jeter un
voile épais sur certains faits, si celui de ma famille et celui
de la vérité ne me faisaient un devoir de les dévoiler.

Le juge, non encore convaincu rappelait Sganarelle à
l'ouverture de Dom Juan. Il télégraphie au tribunal cantonal pour lui demander *si sa décision était sérieuse.* Un télé-
gramme arrive, confirmant et réitérant l'ordre déguerpissement. Au même moment, où à peu près il reçoit d'un particulier un ordre de ne pas procéder. Le juge, en proie à
de nouvelles alarmes, préfère obéir au dernier ordre plustôt
qu'au premier. Sur les instances de ma famille il remet la
chose à son substitut, se déclarant incompatible à cause de
sa parenté. Il est bon de remarquer ici que ce magistrat
n'avait pas encore invoqué cette incompatibilité. Il n'en a
jamais parlé quand il s'agissait d'agir contre moi. (Ses con-
ducteurs spirituels sans doute l'auraient grondé), mais
seulement quand il s'est agi d'exécuter une mesure légale
et énergique en ma faveur.

XV.

Monsieur le premier assesseur vint enfin commencer le
déguerpissement. Mais, ici encore, une nouvelle et excep-

tionnelle procédure devait éclore. Jusqu'à cette date les décisions de l'autorité supérieure étaient exécutées par ses agents. Quand il a été question de moi c'a été le contraire, D'ordinaire les procureurs sont dirigés et commandés par les autorités judiciaires. Chez nous ce sont eux qui les commandent et le dirigent. On a vu déjà un procureur diriger le juge de paix, mais on devait le voir plus puissant encore que le tribunal cantonal.

Une fois encore pourquoi cela, d'où vient la haine implacable que m'a vouée ce fonctionnaire ?

Au risque de me répéter, il faut essayer de fournir de nouveau quelques explications. Ce procureur, plein du noble feu de l'ambition, arrivant dans la contrée pour gagner sa vie a compris tout de suite que, pour s'attirer la bienveillance de certains hommes influents, pour être honoré dans cetains clubs il fallait s'associer à la sarabande haineuse, aboucher la trompette guerrière, sonner le hallahi et se ioindre à la meute qui avait pour mission de chasser Lucien Reymond. Il a vu que cette famille était hors la loi et qu'il était assuré de l'impunité. Il a vu que l'arme de Basile, de semer abondamment des perfides insinuateurs était trop vulgaire et insuffisante. Il s'attacha à ses pas, la poursuivit dans tous les détails de la vie, l'enveloppa de toutes sortes d'intrigues et l'abreuva de tous les mépris.

M. le premier aresseur s'aquitta de sa mission le mieux qu'il put, mais elle était difficile ; puisqu'un fonctionnaire subalterne ; engageait le fermier à résister; même par la force aux décisions de l'autorité supérieure. Ce procureur qui, déjà le 2 septembre 1884, sans en avoir le droit et sans en être chargé par personne m'invitait à déguerpir, s'opposait à un déguerpissement du fermier ordonné par le tribunal cantonal ! Si tous les citoyens sont égaux devant la loi, il paraît qu'ils ne le sont pas devant les procureurs.

Ainsi donc, non seulement les décisions de l'autorité supérieure, mais l'honneur des familles, leur sécurité, leur existence, sont remis à l'arbitraire de ces hommes ! On réclame un droit unique pour la Suisse. Ne pourrait-il pas en exister un pour la vallée de Joux ?

Aussi ce consciencieux fonctionnaire trouva-t-il moyen d'éluder les ordres donnés. Le fermier quitta le soir, mais il le réintégra le matin, de son chef, sa volonté étant la seule loi. Sur les réclamations de ma famille un nouveau semblant de déguerpissement eut lieu, mais il fut laissé au fermier tout ce qui était à sa convenance.

XVI.

Une fois encore on aurait pu croire que tout était terminé mais mes ennemis n'étaient pas gens à se lasser.

La question de mise en faillite était agitée entre eux, mais il fallait un prétexte. Aucun de mes créanciers ne pouvait et ne voulait la faire. Tous ceux à qui ils ont essayé de le proposer l'ont repoussé avec indignation, mais nos adversaires ne voulaient pas être arrêtés pour si peu. Ils avaient façonné des autorités dociles et inventé un code spécial, ils fabriqueraient bien un créancier.

M. E. F. Piguet est un jeune et très intéressant voisin avec qui je n'avais eu aucune relation d'argent. Mais mes propriétés, vues à travers les lueurs vacillantes d'une chope lui plaisant beaucoup il désira se les approprier. C'est lui qui dans ce but devait accepter ce joli rôle. Tout cela non plus comme autrefois.

Ad majorem Dei Gloriam.

Mais au nom d'une divinité plus moderne dont le sanctuaire m'est inconnu.

M. Piguet possède les vertus des chevaliers de la Table ronde ; tout pour son Dieu, son roi, et sa dame.

« C'est par l'amour qu'il aura réussi.

« L'amour, dit'on, nous damne en l'autre monde.

« Ce diable là nous sauve en celui-ci. »

Ayant juré de chasser ma famille et de garder celle de Brunner, il n'a pour cela reculé ni devant sa propre ruine ni devant son déshonneur. Flatté des attentions dont il était l'objet, il a consenti comme Raton de la Fable à sortir les marrons du feu tandis que Bertrand les croque.

En effet, contrairement à ce qui avait été convenu M. Piguet se trouve un beau jour investi des titres hypothécaires en vertu desquels et ayant à la ressource M. le notaire J. Capt il vint déposer une demande de mise en faillite.

XVII.

Avisé à Lausanne du dépôt de cette pièce, je montai à La Vallée. Je trouvai toutes les batteries montées et tout préparé pour l'attaque, M. le Président me convoquait pour 10 heures du matin et le tribunal se réunissant à quatre heures du même jour.

La séance se borna à quelques questions banales. Je comptais avoir le temps et le droit de me défendre, et que je méritais au moins une enquête ; mais, une fois encore, je me berçais d'étranges illusions, la loi n'était pas faite pour moi.

Sur la timide observation que j'en fis, il me fut brutalement répondu que la procédure ne m'accordait que cinb jours, et, avec la joie mal dissimulée du chat qui tient la souris, il me fut annoncé que la corde était bien tendue. Le fond de la chose était que mes adversaires papillonnaient autour de M. le Président. M. Brunner en particulier était pressé, le tribunal devait l'être aussi. Je fus traîné devant lui comme un criminel. Mes adversaires, qui en avaient eu le temps, déposaient contre moi un dossier volumineux d'accusation, J'aurais pensé que le tribunal aurait été renseigné par son Président sur la valeur réelle et l'exactitude des faits nombreux accumulés contre moi avec plus d'habileté que de bonne foi. Mais, déposant sa robe prétexte, à la porte du prétoire, ce magistrat se fit accusateur au lieu d'arbitre, au lieu d'une enquête impartiale il vint lire une foudroyante philippique, renchérissant encore sur les faits avancés à ma charge.

Mes adversaires avaient un avocat bien préparé, moi je n'en avais point, mais qu'importait. La seule chose, que j'obtins comme faveur extraordinaire ce fut un délai de deux jours pour m'en procurer un.

Je ne m'arrêterai pas plus longtemps sur l'étrangeté de ces procédés. Le dossier de cette affaire restera un monument d'une procédure exceptionnelle, dictée par la seule haine contre un homme.

Je dois ajouter, comme souvenir de cette célèbre séance du 18 mars 1886 que, M. le Président, contrairement à ce que j'ai avancé au sujet du service des huissiers, voulut bien, par exception pour la première et la dernière fois, aviser mon beau-fils de fonctionner. Je ne pouvais qu'être sensible à une si délicate attention. Les grands inquisiteurs d'autrefois n'auraient pu être plus habiles.

Tant de fiel entre-t-il dans l'âme d'un *Président.*

XVIII.

Je signalerai seulement en passant deux points qui ont fait les principaux chefs d'accusation contre moi et qui peuvent offrir quelqu'intérêt.

M. le Président du Tribunal, renchérissant, comme je l'ai dit, sur mes accusateurs, fit une charge à fond de train sur ce qui concernait mes fournisseurs etc., etc. Une enquête tant soit peu impartiale de la part de ce magistrat aurait établi la preuve qu'à la fin d'une saison de pensionnat, pendant laquelle il avait été pris pour des sommes importantes chez les fournisseurs je redevais 47 fr. à un boulanger et 200 fr. à un boucher. Il aurait constaté de plus que, ni les uns ni les autres ne se plaignaient ni ne réclamaient ; mais qu'au contraire ils avaient refusé avec indignation de signer la demande de mise en faillite qu'on avait eu l'indélicatesse de leur présenter.

Lorsque des fournisseurs ne sont pas régulièrement payés par leurs clients ne peuvent-ils pas agir eux-mêmes ? Est-il régulier, est-il convenable et légal que des fonctionnaires, qui admettent qu'un propriétaire ne doit pas réclamer ses fermages arriérés viennent procéder à une enquête judiciaire et provoquer une faillite que les intéressés ne demandent pas ?

Pourquoi alors ne la fait-on pas d'une manière générale ? pour tout le monde et à des époques fixes. On constaterait alors qu'il y a dans la contrée bien des consommateurs plus en arrière que moi chez leurs fournisseurs, et que, parmi ceux qui crient le plus fort : *Haro sur le baudet !* il y en a qui ont chez les bouchers et chez les boulangers ainsi que sur la conscience des comptes plus difficiles à régler que n'étaient les miens !

Si le tribunal avait rempli consciencieusement sa mission, il aurait constaté que mes fournisseurs étaient plus régulièrement réglés que ceux de M. le Pdt et que je ne les payais pas avec de fausses traites.

Et surtout, quand il est connu, que jamais je n'ai été inscrit au registre du commerce et que depuis plus de dix ans je n'avais fait aucune opération commerciale. Tous les citoyens, sans exception, sont plus négociants que moi et peuvent être mis en faillite. Il est vrai que la loi n'a rien à faire ici. Il suffit seulement qu'un citoyen soit mal noté et qu'un voisin malveillant et mieux en cour s'en aille le dénoncer au tribunal comme débiteur de viande ou de pain.

Il est bon d'ajouter que cette manière de procéder n'est pas sans offrir certains avantages. Le fonctionnaire qui avait demandé la mise en faillite au nom de citoyens qui ne l'en avaient nullement chargé n'a pas manqué d'intervenir pour une note de 1000 fr. en réclamant un privilège. Comme on le voit, ce dévouement si patriotique et si empressé n'était pas si désintéressé qu'il en avait l'air.

XIX.

Monsieur le Président parla aussi de suspension de paiements, de billets en souffrance etc. Ici encore l'enquête, si elle avait été faite, aurait du compléter et expliquer les choses. Elle aurait du constater que depuis plusieurs années le nombre et le capital de ces billets avait sensiblement diminué. Qu'en particulier pendant la dernière année une diminution de 2 000 fr. avait été faite malgré les difficultés et les frais dont on m'accablait pour empêcher ces renouvellements, et que rien ne s'opposait à ce qu'il en fut de même à l'avenir. Les principaux de ces billets avaient été créés au bureau d'un notaire qui les négociait à la banque cantonale. Cet établissement n'en demandait nullement le rembours. Les signataires ne réclamaient pas. C'est le notaire qui a pris l'avance pour demander que ces rénouvellements n'eussent pas lieu.

A des conditions semblables, qui est ce qui ne serait pas gêné ? Combien de citoyens qui font honneur à leurs affaires seraient mis en faillite.

M. E. Piguet est venu, pour appuyer sa demande de mise en faillite, se fonder sur le payement de quelques actions sur la Brasserie.

Il est bon d'expliquer ici que le mot *action* a été mal à propos employé à la Vallée. Lors de la création de la Brasserie je suivis l'exemple d'autres établissements qui m'avaient précédés dans cette voie ; la tuilerie, par exemple, en émettant des espèces d'obligations au porteur. Les preneurs n'exigeaient aucune garantie. Ils ne faisaient pas une spéculation. C'était pour aider l'œuvre. Ils laissaient ces valeurs aussi longtemps qu'elles étaient utiles et ne les réclamaient que lorsque cela ne gênait pas l'établissement.

La tuilerie a remboursé les siennes très à la longue et a terminé seulement au moment de la vente de l'établissement. La société de consommation, non seulement n'en a point remboursé, mais elle n'a jamais fourni aucun compte.

Et cependant personne n'a jamais pensé à demander sa mise en faillite.

La Brasserie est, de tous ces établissements, celui qui, malgré tout, a le mieux rempli ses engagements. L'émission était de 13 000 fr. chiffre rond. Il en restait pour 1 500 fr. environ, qui auraient été remboursés à une époque très prochaine. Parmi ces obligations qui restaient à payer il y en avait cinq entre les mains d'un citoyen que j'avais toujours envisagé comme un vieil ami, et qui, peu de temps auparavant, m'avait assuré que je pouvais être tranquille, que jamais il ne me gênerait pour ce rembours, et attendrait pour cela l'établissement de mes fils à la Brasserie.

Est-il besoin de dire par les soins de qui M. E.-F. Piguet a pu raccoler ces mêmes titres, à vil prix, pour, sans un mot, sans aucun avertissement préalable appuyer sa demande de mise en faillite !

Si ce cher et dévoué ami avait besoin urgent de cette valeur le plus simple de sa part était de m'en prévenir. Selon toutes les probabilités j'aurais pu le satisfaire. Les plus vulgaires convenances sont en cas pareil d'aviser le débiteur ; mais ici encore mes adversaires en étaient dispensés. Ils supposaient sans doute, avec quelque raison, que j'aurais empêché leurs machinations en payant. C'était plus commode pour eux de venir devant le tribunal, exagérer le nombre de ces titres restants, et annoncer que je ne les payais qu'à la suite de poursuites ; ce qui était de leur part une accusation aussi fausse que gratuite, car jamais un seul porteur de ces titres ne m'a adressé une sommation juridique ; ils me les ont laissé rembourser selon mes convenances. Je laisse au lecteur le soin d'apprécier de tels procédés, qui sont un échantillon de tous ceux employés envers moi.

XX

La vie de ma famille, depuis longtemps rendue bien difficile, devenait impossible à la suite de l'arrêt du 18 mars 1886. A ce sujet il me reste un détail à signaler.

Lorsque, le dernier de mes enfants qui est resté au Solliat, après des peines infinies, après avoir, une dernière fois, serré la main à des voisins et à de nombreux amis, au nom d'une famille qu'ils ne reverraient pas, après avoir dit, au nom de tous, un éternel adieu à cette pauvre vieille maison paternelle où ils ne reviendraient jamais, à ce hameau et à cette vallée qu'ils aimaient tant et d'où ils étaient brutalement chassés, crut avoir rempli ses obligations et satisfait toutes les exigences légales en portant la clef à M. le Juge de Paix.

Cette naïve enfant se trompait. Ce magistrat retourna auprès d'elle le lendemain pour lui dire qu'elle aurait dû balayer la maison avant de la quitter ! C'est donc bien à tort qu'on a pu dire que ce fonctionnaire manquait quelquefois d'énergie. Je lui en fais mes excuses. Th. Brunner s'étant plaint paraît-il, du désordre de la maison, dont on lui promettait la mise en possession depuis si longtemps. Thémis constamment sourde à ma voix devait se montrer docile à la sienne.

Ainsi ! les fermiers seront satisfaits d'apprendre que, non seulement ils peuvent grossièrement chasser le propriétaire de sa maison en vertu d'un titre illégal mais que, de par la loi et de par les autorités, celui-ci devra la leur livrer balayée et proprement récurée.

Ils verront qu'ils ont tout intérêt à ne pas payer leurs fermages parce que c'est le propriétaire qui sera mis en faillite et le fermier restera envers et contre tous.

XXI

Ayant adressé un recours contre ce jugement du

18 mars, le tribunal cantonal dans sa séance du 27 avril 1886 considérant que cette façon de procéder est irrégulière, etc.'

Conclut :

Suspends la décision sur le recours L, Reymond et prononcé.

1o Le Président du Tribunal de la Vallée est invité à instruire conformément à l'art. 34 de la loi de 1852 sur les sociétés commerciales une enquête sur les faits mentionnés dans les demandes de mise en faillite.

2o Ensuite de cette enquête, le tribunal de la Vallée statuera de nouveau sur la mise en faillite de Reymond.

3o Les émoluments de l'office relatifs à l'enquête irrégulière faite par le Président et ceux du jugement du 18 mars 1886 demeurent à la charge de l'office (Art. 50 C.-P.-C.)

C'était donc la cinquième fois que le Tribunal cantonal se prononçait sur la brutalité et l'illégalité des procédés employés envers moi. On aurait pu croire que c'était enfin la solution de ce triste drame, mais on se trompait singulièrement. Comme la couleuvre de la fable, ma perte était résolue, les arguments les plus convaincants les articles de loi les plus clairs étaient impuissants.

Le but de l'arrêt du 18 mars était de réintégrer Brunner Aussi M. le Président du Tribunal n'attendit pas pour cela de savoir s'il y aurait un recours. Le surlendemain déjà c'est-à-dire le 20 mars, le fermier était réinstallé dans mes immeubles, tandis que les membres de ma famille, insultés, menacés jusque dans leurs vies, sans appui et sans protection légale, étaient obligés de prendre clandestinement la route de l'étranger.

On ne peut nier que ces mesures de M. le Président du Tribunal étaient aussi irrégulières que l'arrêté qui les autorisait.

Un tribunal n'est pas plus infaillible que toute autre institution humaine ; il peut commettre des erreurs, mais, dans ce cas et, quoi qu'une justice tardive soit impuissante souvent à réparer le mal d'une injustice hâtive ; il n'en est pas moins un devoir, dans les mesures du possible de réparer celui qui en est résulté.

Tous les citoyens impartiaux s'attendaient que le tribunal de la Vallée en agirait de même. Une porte était ouverte pour en finir. S'il n'était plus possible de sauver ma famille du désastre, au moins pouvait-il sauver les apparences

Ponce Pilate n'ayant pas eu la force de sauver un juste de la fureur de ses ennemis, voulut au moins se laver publiquement les mains de sa mort.

Mais pense-t-on, qu'une autorité quelconque, ait pris l'avance pour réparer de quelque manière les conséquences fatales qui résultaient pour moi et les miens de ce jugement irrégulier et des mesures plus irrégulières encore qui en avaient été la suite. Ah! bien oui! nous étions hors la loi et n'en valions pas la peine. Brunner était installé à la Brasserie et mes enfants chassés. C'était, il paraît, le seul résultat qui préoccupait la sollicitude de nos magistrats.

Bien au contraire j'ai été traité comme un homme qu'on arrête brutalement par erreur mais qu'on laisse en prison lors même que son innocence est reconnue.

J'avais été traîné devant le tribunal, presque pris à la gorge, sous prétexte qu'il n'y avait que cinq jours pour instruire la cause et me condamner. Ce corps ayant fait fausse route par sa précipitation, aurait du, semble-t-il mettre le même empressement à réparer le mal qui en résultait. On a toujours vu que César mieux informé s'empressait de corriger ce qu'avait fait César mal informé.

Mais le code appliqué, fabriqué à la Vallée pour les besoins de la cause était aussi élastique que la conscience d'un philistin ou que les principes politiques d'un *budgétivore*. Cinq jours avaient été un terme trop long déjà pour moi, mais il devait être beaucoup trop court pour mes adversaires. Il devait, pour eux, être aussi long que cela entrerait dans leurs convenances, pour leur permettre de réparer leurs forces et de rentrer en campagne, avec quelques chances de succès. J'étais sous le poids d'une mesure illégale et d'un jugement dont les effets devaient être suspendus, mais pour moi, rien ne pressait de les modifier.

On m'avait illégalement et brutalement enlevé l'administration de mes biens, mais on ne se pressait pas de me la rendre. Ce n'était pas assez que le fermier ait été réintégré illégalement; ce n'était pas assez que ce nourisson de Thémis, et favori de l'aréopage s'emparât de mes propriétés, qu'il disposât de mes immeubles et en chassât ma famille, sans droit, sans équité, sans autre titre que d'être débiteur de fr. 4.000 de fermages arriérés. Il fallait absolument laisser à mes adversaires le temps nécessaire pour, en nous accablant de nouveaux frais, donner à cette demande de mise en faillite une ombre de légalité qu'elle n'avait pas.

XXII.

Aussi, lorsque cinq mois plus tard, sur la demande du tribunal cantonal, M. le Président reprit l'affaire, tout était préparé et le plan habilement conçu. Une enquête fut faite cette fois, mais pour la forme seulement. En me basant sur la valeur réelle des immeubles, sur ce qu'ils valaient pour ma famille et sur le parti que nous en pouvions tirer, j'accusais un actif. J'avançais des preuves, mais tout cela était non avenu. Mes adversaires avaient pu, pendant ces longs délais, ménagés à dessin, embrouiller suffisamment la question au lieu de l'éclaircir. M. le Président passa comme chat sur braise sur tous les arguments en ma faveur.

Ce qui prouve que mes ennemis avaient calculé bien juste, c'est que le tribunal de la Vallée, dans sa séance du 28 août 1886 a abandonné comme non fondés les considérants avancés le 18 mars ; mais il trouve que la position nouvelle telle qu'elle avait été préparée offrait des éléments pour constituer de nouveaux chefs d'accusation. Ils imaginèrent de dire que j'étais commerçant parce que ma femme tenait un pensionnat d'éducation. Il fallait donc m'avoir condamné injustement pour justifier une seconde condamnation.

En abandonnant les considérants admis la première fois, le tribunal reconnaissait donc le mal fondé de son premier jugement ; mais il ne s'est jamais préoccupé des conséquences qui résulteraient pour moi de cette erreur judiciaire. C'était plus simple, plus commode, paraît-il et surtout mieux dans les intérêts de mes adversaires de trouver d'autres considérants ; dans un état de choses résultant des erreurs du Tribunal lui-même et préparé exprès, Ce qui rappelle ces vers du loup à l'agneau.

« Si ce n'est toi c'est donc ton frère ».

J'étais dans le cas de ces hommes condamnés à mort dans une révolution violente et dont on hâte d'autant plus l'exécution qu'ils sont condamnés injustement et qu'on redoute de voir établir les preuves de leur innocence.

D'un autre côté le représentant des demandeurs s'appesantit sur deux faits d'une grande valeur et qui durent toucher le tribunal. Le premier, c'est qu'il était nécessaire d'en finir au plus tôt, pour couper court à des procès commencés ! !

Je le reconnais, il avait raison, il y avait intérêt pour mes adversaires, à ce que le silence le plus complet fut fait sur leurs procédés et qu'un voile opaque fut jeté sur leurs actes.

Ce n'était pas assez de chasser illégalement ma famille, il fallait encore pouvoir impunément la dépouiller ; mais, tout le pouvoir discrétionnaire dont ils disposent n'empêchera pas que ce voile soit levé un jour.

Le second argument n'était pas moins spécieux. C'était celui des oppositions que je faisais sans cesse à la mise en possession du fermier. En peignant les ennuis qu'éprouvait ce pauvre M. Brunner, je crus voir son honorable défenseur (c'était peut-être une illusion) par un mouvement de sensibilité bien légitime, essuyer avec le pouce le coin de son œil devenu humide. Je dois l'avouer, tout en étant touché d'une si noble douleur, l'apparition d'une larme, au coin d'un œil qui en verse rarement, me rappela un peu celles que versait le crocodille de la fable.

J'ai eu plusieurs fois la pensée que je serais attaqué par M. Brunner, pour les ennuis que je lui ai causés et les retards mis à son entrée en possession, il n'est pas certain que cela n'arrivera pas.

En effet, une défense aussi longue que la mienne, devenait désagréable. Vingt-cinq ans d'intrigues devaient enfin aboutir. Il doit exister des moyens d'en finir plus tôt et de se débarrasser plus promptement d'un homme aussi ennuyeux que je l'étais pour eux.

En France, autrefois, quand un homme rêvait quelque savante combinaison politique, il obtenait tout d'abord des lettres de cachet, avec lesquelles il mettait à la Bastille tous les citoyens qui, par leurs actes ou par leurs paroles auraient pu entraver ses plans ; mais ce qui serait bien préférable et qui manque au Sentier ce sont des oubliettes. Ce serait si commode, si pratique et si radical. Encore quelques efforts de la puissante initiative et de la féconde imagination de certains hommes, et nous y arriverons bien.

XXIII.

Un mot encore. Le Tribunal de La Vallée a reconnu que les droits des créanciers hypothécaires étaient garantis et réglés par une procédure spéciale et ne motivaient nullement une demande de mise en faillite. Pourquoi donc poursuivait-on ce but avec tant d'acharnement ? C'était, disaient mes adversaires, dans l'intérêt des créanciers chirographaires. Or ceci est un leurre comme tout le reste de cette affaire. C'est une de ces calembredaines dont mes ennemis se sont servis depuis longtemps.

Comment se fait-il qu'on annonce que mes immeubles ne valaient que fl. 38.000 ? Et pourquoi alors empêcher mes fils de les reprendre pour fl. 48,000 ? Après cette rédemption et, en nous laissant nos instruments de travail qu'on a anéantis, les créanciers chirographaires avaient des garanties qu'ils n'ont plus maintenant. Ce que voulaient mes ennemis c'était précisément d'évincer ces mêmes créanciers ; de chasser ma famille après l'avoir dépouillée et s'arranger de mes propriétés selon leurs convenances.

Il fallait se les faire adjuger à un prix dérisoire pour pouvoir indiquer un déficit et essayer de justifier leurs procédés. Aucun créancier n'a demandé la fermeture du pensionnat d'éducation créé péniblement, ni que ses locaux soient de force occupés par le fermier pour en faire l'entrepôt de ses marchandises. Cet établissement, bien apprécié par les étrangers ne gênait cependant personne et les fournisseurs qu'on a mis en cause, sans qu'ils le demandassent n'avaient rien à y perdre.

Je dois faire remarquer aussi que, d'ordinaire lorsqu'un tribunal met brutalement en faillite un citoyen, l'autorité doit s'assurer tout d'abord si sa famille possède les ressources nécessaires pour vivre et les lui procurer. Ici toutes les préoccupations ont été de s'assurer si l'anéantissement était complet. Ce n'était pas suffisant d'avoir rendu la vie impossible à ma famille à La Vallée. Il fallait la mettre dans l'obligation de quitter le pays.

Quand le guerrier sauvage a mis son ennemi par terre il se jette sur lui et le scalpe. Si mes adversaires ne possèdent aucune de ses vertus ils savent au moins imiter sa vengeance.

XXIV

Ainsi la procédure de La Vallée réalise un grand progrès. Lorsqu'on désire anéantir un homme on le met brutalement en faillite. Peu importe le prétexte et peu importe aussi que le jugement soit illégal et irrégulier. Cette mesure a l'avantage de lui créer des embarras et de fournir plus tard des prétextes a une mise en faillite définitive.

Mes ennemis ont déployé une grande habileté, je le reconnais. Pendant la durée de ces longs débats, neuf fois nous avons recouru contre les jugements des autorités judiciaires de la Vallée et huit fois nous avons obtenu gain de cause ; il fallait bien, pour la neuvième avoir recours à tous les moyens que leur puissance occulte et leur imagination féconde mettait à leur disposition.

Que dire de tous ces procédés ? Quel jugement porter sur tous ces faits ? Il y a des tyrannies partout. Le despotisme existe en bas comme en haut, dans tous les degrés de l'organisation sociale. Nous sommes habitués à voir commettre au nom de la liberté, des attentats contre cette même liberté et pratiquer l'injustice au nom de la justice ; mais nous nous demandons dans quelles autres circonstances de pareils faits pourraient impunément se produire ?

Nous n'accusons ici aucun parti politique ; ni le pays. Nous aimons trop notre beau canton de Vaud pour lui attribuer l'affirmation de pareils principes. Nous connaissons assez la population de la Vallée de Joux pour savoir que sa majorité n'en est nullement solidaire. Il ne s'agit dans toute cette affaire que de quelques hommes ; d'une odieuse intrigue personnelle et locale, d'une exception monstrueuse et hybride, qu'il est bon de signaler pour l'empêcher de se reproduire. La première en son genre et la dernière, espérons-le.

Mes ennemis ne manqueront pas de termes à effet pour prouver que le bien de la Vallée, son progrès et son avenir exigeaient mon éloignement à tout prix, par tous les moyens possibles. Comme dans la fable des animaux malades de la peste.

> Un loup quelque peu clerc prouva par sa harangue
> Qu'il fallait dévouer ce maudit animal.
> Ce pelé ce galeux d'où venait tout le mal

Il n'était pas nécessaire de prouver que j'avais mangé la largeur de ma langue dans le pré des Moines. J'avais froissé la dignité des Pontifes de Bahal, ce qui est un crime bien autrement abominable.

XXV

Mes ennemis, dans une prose fleurie qui leur est familière quand ils veulent mettre les crédules dans le sac ou gagner la popularité en vantant des services qu'ils n'ont jamais rendus, ont sur un ton diplomatique, émaillé les pièces officielles déposées contre moi, d'insinuations plus ou moins habiles et plus ou moins véridiques à mon adresse. Je ne les relèverai pas. J'en citerai seulement une.

Ils justifient leurs procédés envers moi par le motif que mon passages aux affaires a été fatal à notre Vallée. Or, il suffit de signaler le fait pour qu'il soit jugé et je m'en rapporte au verdict de mes concitoyens. Cette allégation est un aveu qui donne la clef de la haine de certains hommes.

Ah ! ces messieurs passeront eux aussi. Aussi bien et mieux encore que d'autres ; ils apprendront que : « la roche Tarpeienne, borde le chemin du Capitole » Mais, si contre toute attente ; les Filles de mémoire, soigneuses de leur réputation, sortent un jour leur noms de l'oubli, leur gloire n'effacera pas celle d'Erostrate, ni leurs lauriers ceux d'Empédocle. La Renommée embouchera alors une de ses trompettes ; j'ignore laquelle (on dit qu'elle en a deux). Elle racontera les grands, progrès accomplis sous leur savante et désintéressée influence. Elle parlera de toutes ces créations qui se sont successivement écroulées sous leur souffle puissant, de toutes ces industries qu'ils ont ruinées pour s'en arroger le monopole exclusif, comme il l'ont fait pour d'autres choses.

Elle rappellera surtout comme quoi, après s'être opposés quinze ans au chemin de fer Pont-Vallorbes, comment, après avoir tourné cette entreprise en ridicule et l'avoir combattue activement par tous les moyens possibles ils ont, lorsqu'ils ont reconnu qu'ils ne pouvaient pas conduire cette œuvre importante ou ils en ont conduit tant d'autres, réussi à s'en attribuer le mérite.

C'est, sans doute, pour mieux pouvoir ajouter ce fleuron

à leur couronne qu'ils ont savamment combiné que le jour du percement du Mont d'Orseire, serait celui où ils obtiendraient, par un jugement illégal et inique la ruine de ma famille et que la date de l'inauguration de la voie serait celle où ils me chasseraient du pays ! Machiavel n'aurait pas été plus habile, ni Louis XI plus dissimulé.

XXVI

Post ienebras lux.

A la suite de la publication de la première brochure, j'ai reçu de nombreuses lettres, remplies d'étonnement et de sympathie, me posant différentes questions et m'engageant à donner plus de clarté encore sur des faits aussi scandaleux. Je cite seulement deux de ces lettres.

1re lettre reçue.

L..., juillet 1888.

Cher Monsieur,

Nous nous sommes un peu perdu de vue, depuis tant d'années que j'ai quitté le pays, mais je ne vous ai point oublié et me suis procuré tous les ouvrages que vous avez publiés. Cette fois c'est à un ami que je dois la lecture de votre brochure sur la Brasserie. Je n'ai point pu m'en procurer. Je croyais avoir de l'expérience passablement et connaitre un peu les hommes, mais, ce que vous dites là dépasse dans les annales juridiques, tout ce que le diable a pu machiner de plus infernal.

Je ne puis résister au désir de vous raconter un fait que j'ai vu de mes yeux et dont vous avez déjà entendu parler.

Dans un arrondissement de l'Ile de Corse, il s'était formé une coterie d'hommes influents qui avaient fini par cumuler toutes les fonctions judiciaires. Ils administraient la justice en petit comité, en famille comme de bon pères, mais cet état de choses devait tôt ou tard amener des complications.

Un jour, un membre de la confrérie qui était juge de paix tira un coup de fusil sur un citoyen qui n'était pas des leurs. Grand émoi dans le clan. Cela devenait désagréable à ces Messieurs et les dérangeait beaucoup. Aussi, pour couper au court, ils firent arrêter le justiciable qui avait reçu le coup de fusil et non le juge de paix.

Le coup était hardi, vous en conviendrez, mais les magistrats qui l'exécutaient étaient loin encore d'être de la force des vôtres. Le fait fut signalé aux chambres et fut sévèrement blâmé. On finit par en rire et la justice reprit bientôt son cours régulier et normal.

Car soyez persuadé que, malgré les luttes politiques qui agitent la France, la justice y est impartiale et énergique. Cette agitation est plus apparente que réelle et ne s'aperçoit qu'à la surface; la justice n'en suit pas moins sa marche légale. Si des faits pareils à ceux que vous racontez se passaient en France, les citoyens de tous les partis se lèveraient en masse pour protester contre de tels principes et mettre de tels hommes à l'index.

Nos chefs de parti les plus rouges, le vieux communard Félix Pyat lui-même rougiraient de les avoir sous leurs drapeaux.

Si, en Suisse des faits pareils peuvent impunément se produire, je plains ce pays, et ce qui m'étonne, c'est qu'une enquête sévère ne soit pas demandée.

X...

XXVII.

Deuxième lettre.

Mon cher Monsieur.

Js suis en possesion de : *Un épisode judiciaire ou la Brasserie du Solliat.*

Nous sommes ici, vous le savez, une colonie de vaudois qui compte. Plusieurs vous connaissent. Aussi la lecture de pareilles révélations nous ont-elles boulversés. Nous n'aurions jamais supposé qu'une telle aberration, qu'un tel oubli de l'équité et du droit puisse se produire et puisse suivre son cours impunément.

Nous savons que le chauvinisme en pénétrant dans une magistrature, en amène la démoralisation et la ruine, mais nous n'imaginions pas qu'il fut arrivé au point d'infliger une honte pareille à notre Vallée.

Nous ne comprenons pas davantage, comment le juge de paix qui est votre parent, votre voisin et votre ami ait pu se fourvoyer de la sorte et commettre des actes empreints d'une partialité aussi évidente. Partialité qui n'a été égalée que par celle du tribunal et dépassée encore par son Président.

Malgré les aspadilles et les fraternelles agapes, il reste encore quelque chose de louche que le lecteur impartial ne peut comprendre, Il reste un sentiment qui fait bondir d'indignation et rougir de honte tous ceux qui ont conservé un reste d'affection pour leur terre natale.

Brunner et ses amis sont des hommes de *corde et de sac*, leurs procédés sont odieux, mais c'est leur métier à eux. Autrement ignoble est le fait qu'ils aient pu commettre ces actes sous la protection des lois et avec l'aide des magistrats.

Qu'il y ait des coquins dans un pays, ce n'est pas surprenant, la population n'en est pas solidaire, mais qu'il puisse y avoir des magistrats, qui, chargés, de la protection des opprimés donnent leur appui à ces mêmes coquins et se font leurs instruments constitue un fait si formidable que nous avons réellement peine à y croire.

Il y a là dessous un mystère que, pour l'honneur de la Vallée nous aimerions voir éclaircir et sur lequel nous attendons des explications.

Dans ce but je vous adresse ces remarques vous priant cher Monsieur, de nous fournir le plus de détails possible et de donner à cette affaire la plus grande publicité.

XXX.

XXVIII.

La réponse n'est pas facile, elle est délicate et complexe. On dit qu'un peuple a les magistrats qu'il mérite. Le proverbe n'est pas juste dans le cas qui nous occupe. Mes combourgeois méritent mieux. Ils auraient droit à une magistrature respectable et impartiale.

Dans ces petites localités isolées, l'esprit de coterie, sans autre aliment que quelques misérables rivalités personnelles, procure par degré un affaissement du jugement moral, qui fausse le bon sens naturel et fait que les affaires judiciaires tombent en simples commérages. On les traite en petit comité, comme jadis sur le Mont-Jda, lorsque les trois déesses comparaissaient devant le berger Paris pour faire apprécier leurs charmes et les juger. Comme l'amant d'Hélène, nos doctes édiles adjugent volontiers la pomme à Vénus.

Le juge de paix, comme le dit mon correspondant, était mon parent, mon voisin et aussi mon ami (je le croyais du moins.) Je lui supposais un fond d'honnêteté qui compensait certaines faiblesses. C'est pour celà que deux fois je lui ai évité de sérieux embarras, bien mérités peut-être. J'ignorais qu'en le faisant je travaillais à la ruine de ma famille et au déshonneur de notre justice.

Lorsque, quelqu'un de mes enfants essayait de recourir à son ministère il répondait gravement.

— Il m'est trop pénible de faire de la peine à M. Brunner, il me ramène souvent *en char ! ! !*

Pour des hommes placés à distance, des faits pareils prêtent au comique, mais, ceux qui y voient l'anéantissement de leur position n'en rient pas dutout.

Je suis persuadé que les malheurs qui fondaient sur ma famille lui faisaient éprouver du chagrin, mais ce brave homme, nous envisageant comme irrévocablement condamnés d''avance n'aurait fait aucun effort pour nous protéger. Au contraire plus vite nous aurions vidé les lieux, plus vite il serait tranquille et plus aussi, il serait agréable à mes ennemis. Il n'avait qu'une préoccupation unique celle de vendre notre mobilier à vil prix et de nous voir partir, pour retrouver son *dolce far niente,* son tapis vert, son *cœur atout et pique l'ami.*

Ainsi ce magistrat, pour être agréable à quelques citoyens influents, s'est fait le plat valet d'hommes, dont il avait mission de contrôler les actes et de surveiller les allures tortueuses. Au lieu de trouver en lui un protecteur et un juge, nous avons rencontré qu'un instrument docile de notre ruine.

Il paraît que, quelquefois il en est de même avec les membres du Tribunal. Quelqu'un de ma famille, se plaignant à l'un d'eux des procédés arbitraires de M. le Président, ce grave magistrat répondit :

— Oh vous savez on ne peut pas se mettre en cheville avec le Président.

Voilà qui peint bien la situation. On vit bien en famille, en petit comité ; pour ne pas déranger cette béatitude on se met tant qu'on veut en cheville avec la justice mais jamais avec le Président.

XXIX

Je dois aussi donner une explication à ce point de vue qu'on pourrait appeler politique. Si, en m'adressant à mes adversaires je les accuse de radicalisme, je ne m'adresse nullement à un parti politique du pays. Ce parti a ses principes, son but et sa raison d'être. Je compte dans son sein des amis honorables. Du reste aujourd'hui on fait abus des mots et on en renverse le sens. Si on allait au fond des choses, on verrait que, sur bien des points je suis plus sincèrement radical qu'ils ne le sont eux-mêmes.

Mais, les hommes dont je cite les actes n'ont d'autre politique que leur intérêt, ni d'autre principe que la satisfaction de leurs mesquines ambitions. Ce sont de ces grapilleurs qui, pendant les vendanges, trouvent moyen de remplir leurs barils. De ces hommes, plus satrapes que républicains, que Cromwell appelle les serviteurs de la Providence ou en d'autres termes les constants adhérents du parti le plus fort et de qui le fabuliste a dit :

Peuple caméléon ou peuple singe du maître.

Ils se disent radicaux sans pouvoir définir ce que c'est. Parce que c'est un mot sonore ils s'en parent comme d'un vêtement à la mode. C'est pour eux le mot de passe du factionnaire, une formule cabalistique, qui facilite certaines entrées. C'est le *Sézame ouvre-toi* des Mille et une nuits.

Ils gardent cette dénomination aussi longtemps qu'elle peut leur être de quelque utilité, aussi longtemps qu'ils trouvent des hommes qui l'acceptent de confiance, sans s'inquiéter si, derrière le nom il y a quelque chose ou s'il n'y a rien ; si sous ce masque de popularité il n'y a pas la frimousse d'un jésuite.

Pour ces dictateurs des bords de l'Orbe, la politique consiste à danser autour du buffet, à faire la cour à tous les hommes influents et à jouer des mauvais tours à leurs adversaires. Suivant les besoins de leurs appétits ils passent de l'antichambre au cabinet et s'il le faut du club des Jacobins à la sacristie ! Ils se feront garde de la manche de toute *personna grata* et, comme le diable, se feront ermites s'ils y trouvent leur profit.

Ces hommes, incapables par eux-mêmes, de réaliser aucun progrès ne savent que démolir et, comme le geai se parer des plumes du paon. Toute supériorité sociale les effraye. Aussi les voyons-nous acharnés pareils à des bouledogues édentés écumer la calomnie et baver le mensonge.

Mais c'est quand il y a un emploi à recueillir, quelque chose à égrignoter à un budget quelconque; quand ils veulent se passer l'assiette au beurre ou organiser un banquet de centenaire, que ces dits démocrates du Sentier se montrent dans tous leur éclat.

Nous les avons vu à l'œuvre et savons de quoi ils sont capables pour tromper le gouvernement et mentir au nom de la population de La Vallée.

XXX

Aussi il faut être juste. Ces magistrats dont je me plains ont rempli exactement leurs fonctions comme l'entendent certains citoyens qui les patronnent. Si on n'avait pas espéré, qu'à l'occasion, ils seraient les instruments dociles des haines personnelles ils n'auraient probablement jamais occupé leurs fauteuils.

J'ai toujours envisagé comme un progrès à réaliser la nomination de l'ordre judiciaire par le peuple. Si ce principe est contestable au point de vue pratique, il ne peut l'être au point de vue démocratique.

Vox populi, vox Dei

Tel est l'adage, mais beaucoup d'hommes qui le citent ne veulent pas son application.

On le comprend, ils redoutent de donner ce droit au peuple, ils veulent se le réserver exclusivement à eux-mêmes. Pour, par leurs intrigues, obtenir des corps judiciaires façonnés à leurs idées et à leurs convenances. Quand on a beaucoup à faire avec la justice, il peut y avoir intérêt à pouvoir compter sur la partialité de quelques uns de ses membres et sur la faiblesse des autres.

Passe encore que quelques hommes parviennent à disposer des fonctions administratives. Que quelquefois la presse locale et d'autres choses encore aillent à la manivelle, cela est sans grande importance. On rend à César ce qui est à César et l'avenir du pays n'est pas compromis. Mais lorsque cet esprit dissolvant et étroit s'empare des autorités judiciaires cela devient fatal.

XXXI

Citons des faits.

Mes combourgeois se rappellent, en 1883 lors du renouvellement des autorités judiciaires, les ténébreuses intrigues qui eurent lieu pour chasser du tribunal de La Vallée des hommes expérimentés et impartiaux et obtenir dans ce corps une majorité docile bien décidée à ne pas se mettre en cheville avec le Président.

M. W. Goy éprouvait des difficultés. Pour les surmonter plus facilement il se fit radical à la mode du Sentier. Il fut reçu dans le cabinet noir et devint membre actif de cette société qui, pour donner le change aux crédules, étale le drapeau de la démocratie, tandis que son but est l'exploitation de la contrée. Aussi arriva-t-il bientôt à la première magistrature judiciaire du district.

Ses protecteurs disent qu'ils ignoraient alors certains tripots interlopes bien connus maintenant, mais, ce qu'ils n'ignoraient pas c'est que son entrée au tribunal en chassait le greffier. Or aucun citoyen un peu délicat n'aurait accepté, pas plus le rôle de W. Goy que celui des citoyens qui le poussaient à ce poste ; mais ces Messieurs nous ont donné la mesure de leurs scrupules. Nous savons qu'ils ne redoutent rien autant que des magistrats intègres et indépendants. Disons les choses par leur nom, si M. W. Goy avait été honnête et impartial, il ne serait pas parvenu, à la Présidence ses protecteurs auraient combattu sa candidature avec autant d'activité qu'ils n'en ont déployé pour la faire aboutir. Par cette mesure ils obtenaient de se débarrasser d'un greffier dont l'impartialité avait pu être gênante. Ils se procuraient en même temps, un Président complaisant pour leurs visées personnelles et un courtier électoral dévoué. Ce que c'est que de s'entendre.

Avais-je tort quand je disais ?

Voilà comment la justice se transforme en un instrument de mesquines rivalités locales, comment des juges deviennent des argousins et, comment aussi, ma famille, au lieu de protecteurs n'a trouvé que des bourreaux !

Voilà où nous en sommes, voilà où une population pacifique et intelligente se trouve réduite pour avoir donné sa confiance à des hommes qui ont su la capter par des mots sonores et des phrases creuses.

Oh égalité des citoyens devant la loi. Où es-tu ? En tous cas Diogène avec sa lanterne aurait bien de la peine à te trouver à la Vallée de Joux.

D'autres Districts ont eu des scandales administratifs, mais grâce à ces hommes les scandales judiciaires étaient réservés à notre Vallée.

La position actuelle de l'ex-président Goy m'impose le devoir de ne pas aller plus loin sur ce sujet. Les commentaires seraient du reste inutiles. Les citoyens préoccupés de l'avenir de leur pays doivent éprouver un sentiment de profonde tristesse en pensant que l'avenir des familles, leur honneur et leur position peut-être remis à l'arbitraire de pareils hommes et dépendre de pareils principes.

XXXII.

M. le Président du Tribunal de La Vallée voyant des vides se produire dans les rangs de ses fidèles ; trouvant durs quelques horions bien mérités, voyant ses jugements réformés et cassés pour la plupart s'était, comme Achille retiré dans sa tente.

Alors, sollicité par les larmes de Thémis, (celle du Sentier bien entendu) aussi inconsolable de ce départ que Calypso l'avait été de celui d'Ulysse, ce magistrat se décida à ceindre de nouveau la robe prétexte, mais, en faisant une réserve. C'est qu'il ne présiderait pas quand plaiderait certain avocat qni ne lui était pas sympathique.

Jusqu'à maintenant, et dans tous les pays ; les membres du barreau ont, devant les tribunaux, joui des mêmes droits, sont admis à plaider au même titre et aux mêmes conditions. Le plus vil scélérat a le droit de se choisir un défenseur parmi eux.

Or ! A la Vallée de Joux, un nouveau principe a été posé. C'est que le choix d'un défenseur devait être ratifié par M. le Président qui se réservait le droit, de refuser d'entendre les juristes qui se sont permis de défendre avec énergie des citoyens que lui, avait condamné d'avance du haut de sa chaise curule il leur fermait la porte du prétoire avec son anathème sacramentel.

Arpaga satanas.

Il y a un siècle le meunier de Sans-Souci trouva des juges pour plaider contre le grand roi Frédéric. Autrefois aussi, chers combourgeois, nos ancêtres trouvaient des juges pour plaider contre des Excellences et contre des Abbés tout puissants. Sous le servage le serf trouvait un tribunal pour obtenir justice contre les abus d'autorité de son Seigneur, mais vous, prolétaires de la Vallée de Joux, si vous n'étiez pas les plats valets de la manivelle, si vous

ne pouviez vous armer d'assez de patience et d'assez
d'argent pour user de tous les recours possibles, vous étiez
condamnés d'avance. Quand vous montiez en audience
votre jugement était déjà dans la poche de M. le Président, rédigé, irrévocable et tout prêt.

XXXIII.

Nos lois, en posant le principe que la justice doit être
accessible à tous les citoyens a, pour être conséquente,
voulu que celui qui ne possède pas les ressources nécessaires pour plaider, soit admis à le faire au bénéfice du
pauvre.

Le montant de la ferme de la Brasserie devait en tout
premier lieu servir au payement des intérêts dus à la caisse
hypothécaire d'amortissement. M. Brunner ne payant pas
il en résulta un otage. C'est alors que, pour faciliter tout le
monde, mes fils apportèrent quelques milliers de francs,
fruit de leurs épargnes, payèrent les intérêts arriérés et
réemptionnèrent. Or, non seulement Brunner reste comme
on l'a vu mais il estime être propriétaire de ce qui appartenait à mes fils et essaye de les en dépouiller.

Mes fils, comme on l'a vu aussi, n'ayant aucune sécurité
pas même celle de leur vie, durent quitter le pays. Pour
pouvoir défendre leurs droits, il s'adressèrent au Tribunal
cantonal qui, de suite leur accorda le bénéfice du pauvre.

Cette disposition, proclamée par la Révolution française,
à la voix de Lammenais, admise dans tous les pays civilisés, devait par exception pour ma famille ne pas l'être au
Sentier.

Il est d'usage que cette autorisation est produite à l'ouverture de la séance à laquelle elle se rapporte ; mais le
défenseur de Brunner, ce basochien en disponibilité, en
avait décidé autrement. Habitué à être audessus du Tribunal cantonal et à diriger celui de la Vallée, il estimait que
cette décision était irrégulière par le fait qu'elle contrariait
son cher client.

Il demanda et obtint une audience du Tribunal, spéciale
et à l'extra, pour je pense, discuter la question de savoir
si la décision du Tribunal cantonal devait être ratifiée !!!

Poussé au pied du mur, ce consciencieux et éminent

juriste avoua qu'il avait fait cette démarche, *pour faire
enrager la famille Reymond.*

On comprend que, devant de si nobles motifs et le code
W. Goy, prévoyant le cas, M. le Président s'était empressé
d'ouvrir à deux battants la porte de son sanctuaire.

XXXIV

Après des longueurs interminables et des démarches sans
fin, après avoir recouru deux fois contre des prononcés
répétés, mes fils ont obtenu du tribunal cantonal un jugement qui reconnaissait leurs droits.

Néanmoins, et comme nous nous y attendions, pour les
en dépouiller et éluder le jugement du Tribunal cantonal
nos ennemis ont, une fois encore, déployé toutes les ressources de leur imagination.

Le basochien qui dirige la procédure du Sentier, si
féconde en expédients, a fait surgir de terre des créanciers
vrais et faux, et entamé tout un plan de ces procédés équi-
voques dont il est coutumier.

Si mes fils avaient quelques comptes à régler il n'était
pas nécessaire que des hommes qui ont assez à faire à
régler les leurs viennent le leur rappeler. S'ils réclamaient
leurs droits c'était précisément pour faire face aux engagements qu'ils pouvaient avoir contractés.

Pendant qu'on espérait les dépouiller, nos adversaires
ne se préoccupaient nullement de leurs comptes. Pourquoi
donc ont-ils tout d'un coup, montré tant de sollicitude pour
ces créanciers ? C'est par le motif que M. Brunner était
évincé de ses injustes prétentions.

On avait déjà trouvé moyen d'adjuger à vil prix ce qui
appartenait à mes fils. La question de la mettre en faillite
a été agitée. Etait-ce donc pour sauvegarder les intérêts de
créanciers ? Non ! C'était pour, en égrignotant des
ments couper court à leurs réclamations et laisser
ment Brunner empocher l'argent volé.

que, c'était tout naturel de dépouiller ces créanciers
fils l'étaient aussi au profit du *Mignon* de la justice,
mais, que mes fils réclament leurs droits, c'était un vol.

Le tout, bien entendu d'après le code W. Goy.

XXXV

Résumons-nous.

Le jugement du 18 mars 1886, par lequel le Tribunal de La Vallée prononçait la faillite a été reconnu aussi irrégulier et illégal dans sa forme que brutal et injuste dans son principe.

Or, il est admis, dans tous les pays civilisés que, quand un jugement est annulé, les conséquences qui en découlent le sont aussi. Des juristes éminent et impartiaux vont plus loin. Ils posent en fait qu'en pareil cas, les autorités judiciaires ont non seulement le devoir de réparer le préjudice résultant de leur erreur, mais qu'elles peuvent être prises à partie.

Qu'ont fait celles de La Vallée ? Elles ont profité de leur erreur pour amener l'anéantissement complet de tout ce qui me touchait de près. Après m'avoir fermé toutes les portes légales pour obtenir justice d'un fermier qui ne me payait pas, elles ont profité de ce même jugement, sans valeur juridique pour l'installer dans mes immeubles et en chasser ma famille.

Pendant cinq mois elles l'ont laissé jouir en paix de sa conquête. Le temps nécessaire pour pouvoir, au lieu de réparer ses iniquités, trouver dans un état de choses, an ormal et irrégulier, créé par elles à dessein (j'ai lieu de le supposer, la preuve du contraire ne m'ayant pas été fournie) de nouveaux arguments en faveur d'un nouveau jugement de mise en faillite.

Je le demande à tous les citoyens impartiaux, quel est le mot que la langue française autorise pour de pareils dénis ?

XXXVI

Ce n'était pas tout. Restait un point celui de la clôture de la discussion.

Une fois encore on aurait pu espérer que, les inimitiés commençant à être satisfaites, le Tribunal de La Vallée aurait procédé auec plus d'équité et aurait profité de la dernière occasion qui se présentait pour atténuer un peu ses illégalités précédentes.

C'était une dernière illusion, la haine de certains hommes est plus infatigable que celle de Junon.

Que n'imagine pas la déesse implacable. Au mois de juin 1888 je reçu indirectement et d'une manière tout à fait officieuse l'annonce que l'avis suivant était publié dans la feuille du canton de Vaud.

« Dans sa séance du 22 mai 1888, le Tribunal civil de La Vallée a clôturé la discussion des biens de Lucien-Adolphe Reymond feu César, du Chenut, précédemment au Solliat, actuellement hors du canton, et prononcé *la privation des droits civiques pendant deux ans le discutant* celui-ci n'ayant pas justifié les pertes qu'il fait éprouver à ses créanciers par des pertes accidentelles, etc.

Donné etc.

(Suivent les signatures).

Ce même Tribunal de La Vallée ayant lui-même posé en fait que les dettes hypothécaires, régies par des lois spéciales ne constituaient pas un motif de mise en faillite, la position se résumait comme suit le 18 mars 1886.

La faillite était demandée.

1o Au nom de deux fournisseurs à qui je redevais des soldes de fl. 416 à l'un et fl. 230 à l'autre, mais qui ne se plaignaient pas et ne réclamaient rien.

2o Pour cinq actions sur la Brasserie raccolées nous savons comment, faisant un capital de fl. 250 valeur que nous aurions payée, si le porteur de ces titres en avait manifesté le désir.

3o Ensuite venait à la rescousse M. le notaire J. Capt, pour un solde de compte. Or, devant aucun tribunal, un titre de ce genre non régulièrement reconnu, provenant d'une gestion d'immeubles ne serait admis pour justifier une demande de mise en faillite.

Mes adversaires avancent sans cesse un chiffre élevé de déficit. Ici encore il est facile de démontrer que ces chiffres sont fictifs et non réels.

J'estimais mes immeubles à fl. 60.000. Ils valaient cela pour ma famille. Mes adversaires en ne reculant devant aucun sacrifice pour devenir propriétaires ont prouvé que, pour eux, cette valeur était grande. Or, est-il juste, après se les être fait adjuger à un prix dérisoire de s'en prévaloir pour accuser un déficit? A ces conditions là, il y a bien peu de propriétaires qui ne se trouveraient pas en déficit.

Les dettes hypothécaires étant donc mises de côté, il reste fl. 30.000 de créanciers chirographaires, y compris le compte de J. Capt, notaire, non payé, mais qui l'aurait été sans la faillite. Ajoutons encore à mon actif.

1° 4000 fl. chiffre rond dus par Brunner fl. 4000 dus à mes fils.

2000 d'effets payés la dernière année.

Ajoutons encore un chiffre assez rond d'autres valeurs perdues. Les frais énormes dont intentionnellement on nous a accablé. Les émoluments de la justice et ceux bien plus élevés de l'injustice, il serait intéressant de savoir aussi si le tribunal n'aurait pas consenti à sortir du passif fl. 2000 produits par deux citoyens pour leurs peines d'avoir demandé la faillite au nom de fournisseurs et de créanciers qui ne les en avaient pas chargé.

Si, en un mot, le Tribunal de La Vallée, au lieu de s'en rapporter à des rapports complètement faux, préparés par son Président (très fort comme on le sait en pareille matière). Si au lieu de s'incliner devant un jugement, préparé à l'avance, irrévocable et tout prêt, il avait procédé, comme il le devait, axec soin et impartialité, il aurait constaté que, jamais demande de mise en faillite ne fut moins justifié.

Le Tribunal de La Vallée ne devait pas ignorer non plus que, pendant que je remboursais les obligattons ou actions sur la Brasserie, j'en avais en portefeuille d'autres impayées pour des sommes autrement importantes.

Aussi on se demande si ce corps est sérieux, quand il dit que je n'ai pas subi de pertes ?

Les lecteurs auront peine peut-être à comprendre comment il se fait que le crédit mutuel de la Vallée, qui a liquidé avec fl. 600.000 de passif, qui a laissé pour environ fl. 500.000 d'actions impayées, n'a jamais été mis en faillite. Pourquoi, par exemple, la société de consommation qui, non seulement n'a jamais remboursé une action, mais n'a rendu aucun compte a été laissée tranquille et paisible et pourquoi il en est tout autrement pour la Brasserie. Le code W. Goy pourrait seul éclaircir la question.

Je savais que le Tribunal de La Vallée avait une procédure très élastique suivant les circonstances ; mais je ne supposais pas, que dans certains cas donnés il avait aussi une arithmétique spéciale.

XXXVII

Mais il y a plus encore.

Le tribunal, en annonçant, que je n'ai pas produit de preuves aurait du ajouter qu'il ne m'a pas permis de faire ces preuves.

La loi vaudoise est claire. La cloture d'une discussion ne peut être prononcée que lorsque certaines formalités préliminaires ont été remplies. D'après les mêmes dispositions légales je devais être avisé à l'avance du jour et heure de l'audience, afin justement de pouvoir présenter les preuves, et, en cas d'abscence je devais être aviss officiellement du jugement.

Ah bien oui ! Cette loi n'était pas faite pour moi. Pas un mot ne m'a été adressé ; comme il s'agissait de m'infliger un blâme public, le Tribunal voulait passer par dessus les lois et mettre plus d'empressement que pour me rendre justice. Il voulait en me refusant le droit de me défendre pouvoir me condamner, sélon les désirs de ceux qui le dirigeaient.

Depuis que les lois ont admis le principe qu'on peut mettre en faillite un négociant et même à l'occasion un citoyen qui ne l'est pas on a renoncé aux pénalités. A la Vallée de Joux on a imaginé de mettre illégalement en faillite un indidu pour avoir le prétexte de le condamner.

Les hôtes du Palais de Justice de Sentier n'ignoraient pas que, si j'avais été prévenu j'aurais pu adresser un recours motivé, contre ce jugement qui, comme le précédent, aurait été reformé et comme c'était devenu la règle générale pour les leurs.

M. W. Goy, plus habile courtier d'élection que consciencieux juriste savait bien que, s'il ne prenait pas une mesure radicale un de ses protecteurs n'aurait pas pu resaisir aux branches son mandat de député.

Nous constatons encore une fois que c'est bien commode de s'entendre.

Je savais par expérience ce que j'avais à attendre de leur justice. Ce jugement du 6 mai est coulé au même moule que les autres, avec le cynisme de plus.

Un écrivain a dit : l'impartialité est le premier devoir des magistrats qui respectent le peuple et veulent être respectés par lui.

Ah chers combourgeois, si, lorsqu'il conçut le projet de délivrer son peuple, Moyse, au lieu de couvrir l'Egypte de grenouilles et de sauterelles, avait doté ce pays d'une magistrature pareille à celle dont vous avez été affligés, cette seule plaie aurait suffit. Le vieux Pharaon se serait empressé de laisser partir les Hébreux et se serait bien gardé de les poursuivre.

XXXVIII.

Arrêtons nous ici et coupons au court. Les magistrats de La Vallée, subissant l'influence de quelques hommes au masque trompeur, ont poursuivi un but unique, celui de se débarrasser de L. Reymond en anéantissant sa famille. Ils y ont mis une persistance digne d'une meilleure cause. Si la moitié seulement, de l'activité qni a été mise pour se déchirer les uns les autres et se débarrasser d'un homme, avait été employée au progrès et au relèvement de cette Vallée sa prospérité et sa position seraient bien supérieures aujourd'hui.

Il manquait un laurier à la gloire de ces hommes. Après avoir chassé L. Reymond de sa maison et de son pays il fallait encore pouvoir le condamner! C'était un trop beau titre pour ne pas en parer leur front! Je ne le regrette pas. Je ne suis même pas fâché de voir leur triomphe complet. Je savais que le *maure ne peut changer sa peau ni le léopard ses taches.* Je désire les voir monter au Capitole avec les dépouilles complètes des vaincus.

Je regretterais l'ombre d'une faveur. Je préfère que le Tribunal de la Vallée ait été jusqu'au bout logique dans sa partialité et conséquent dans ses injustices. Le seul verdict que j'attends, c'est celui du public. L'avenir se chargera de lever complètement le voile et de mettre au jour toute la vérité. Si le nom de Lucien Reymond, si souvent mêlé à celui de la Vallée de Joux, se trouve encore accouplé à celui de ces hommes néfastes, qui impriment tant de hontes à ma terre natale, ce sera pour marquer une tache indélébile sur leur front. pour changer leur joie en regrets et leurs lauriers en tunique de Nessus. Ils ont lâchement traîné ma famille aux gémonies, eux seront attachés au pilori.

XXXIX.

Tels sont les faits principaux, qui, de les avoir publiés m'ont amené devant le Tribunal criminel du district de Cononay, pour délit de presse.

L'éloquent plaidoyer de mon honorable défenseur M. l'avocat Jacques Berney et l'ensemble des débats ayant prouvé ces faits jusqu'à l'évidence le jury m'a libéré des préventions de diffamation.

Les citoyens qui ont suivi les phases de ce triste drame me rendront cette justice : c'est que je suis resté au dessous de la vérité.

Ils auront constaté de plus que, ce n'est ni en Sicile, ni en Corse, où la vendetta est érigée en principe ; que ce n'est, ni chez les Zoulous, ni parmi les Peaux Rouges où de pareils faits ont pu se produire. C'est au Séntier !!

Le récit de ces iniquités et de ces denis ne peut réparer les maux sans nombre dont ma famille a été victime. Mais, s'il peut être un renseignement utile à mes concitoyens et à mon pays, mon but sera atteint.

XXXX.

Et Brunner est encore au Solliat ou il fabrique de la bière!

Il parcourt la contrée, dédaigneux et superbe, saluant les magistrats le sourire sur les lèvres et le mépris dans le cœur.

Aussi bien que tous les citoyens impartiaux, il sait que ses succès sont dus, davantage à la haine qu'à la justice. Qu'ils sont une scandaleuse exception, une amère ironie de la justice d'un état démocratique et une honte pour le pays.

Tandis que ma famille proscrite dit comme Mélibée à Tityre :

« Mais nous, quittant ces lieux, nous irons chercher un asile, les uns, chez les brûlants Africains, d'autres en Scythie ou en Crète, sur les bords du rapide Oaxe, ou chez les Bretons, séparés du reste de l'univers. Ah ! reverrai-je jamais, après un long exil, le sol de ma patrie et ma pauvre chaumière au toit couvert de chaume ? pourrai-je dans ces lieux, témoins de mon bonheur, contempler un jour quelques maigres épris ? Un *bernois* insensible possèdera ces riches guérets ? Un barbare aura ces moissons ? Voilà où la discorde a conduit nos malheureux citoyens.

Voilà pourquoi nous avons ensemencé nos champs !

Et maintenant.........

Allez mes *vaches*, allez troupeau jadis heureux ; mollement couché sur le *coteau* verdoyant, je ne vous verrai plus désormais paître au sommet lointain d'une roche buissonneuse ; plus de chansons pour moi ; je ne vous verrai plus mes chèvres, brouter les fleurs du cytise et les feuilles amères du saule. »

(Virgile. Bucolique I.)

FIN.

Evian-les-Bains, août 1889.

NOTA

NOTE I.

Pendant que j'étais occupé à la rédaction de ces lignes, j'ai lu dans la *Gazette de Lausanne* une lettre de l'ancien juge de paix du Chenit, contenant, parmi plusieurs arguments sans beaucoup de valeur, celui-ci entr'autres.

« Les sursis que j'ai accordés relativement à l'exécution forcée reposaient sur des articles de loi. »

Il serait intéressant que cet ancien magistrat voulut bien fournir, à ce sujet les explications suivantes.

1° Quelle est la procédure, connue de lui seul établissant que quand le Tribunal cantonal ordonne le déguerpissement d'un fermier, c'est le propriétaire qui doit être chassé ?

2° Comment se fait-il que, ni avant ni après son ami Brunner aucun fermier n'a eu l'idée de se mettre au bénéfice de disposition aussi avantageuses pour eux ?

NOTE II.

J'ai appris aussi, qu'en mai déjà, une demande de mise en faillite a été régulièrement déposée contre un citoyen du Sentier, négociant et inscrit comme tel au registre du commerce.

Après des délais assez longs (beaucoup plus de cinq jours) cette demande a été refusée par le Tribunal de La Vallée par le motif qu'elle n'était pas suffisamment justifiée.

Or, d'où vient donc un pareil revirement de procédure depuis les faits qui font l'objet de ces lignes ?

Cela provient sans doute du fait que, cette fois-ci il ne s'agissait plus de se débarrasser d'un député indépendant, ni de chasser une famille du pays, pour caser celle d'un Bernois.

Thonon. — Imp. de la Société Anonyme de l'Union Chablaisienne, Joseph MASSON, Directeur.